どこへ

木坂涼

思潮社

どこへ

木坂涼

思潮社

どこへ

木坂涼

Ⅰ
あなたは今日も　8
止まる　10
予感　14
帰り道　16
ウインカー　20
街角　22
軽くねじれて　26
座る　30
一個のたまごのように　34
Ⅱ
取り継ぐ　38
外出　42
水　46
……まえ　50

街角――亡きドゥンビアと　54
声　56

Ⅲ

三月　60
名称　62
蛾　64
尺取虫　66
スズランの花　70
動物園で　72
猫とお日様と師走　74
たまご　＊　76
たまご　＊＊　78
影　80
くちばし　82

Ⅳ

呼べる人のいた風景　84
裏手に沼があった　86
掛時計　90
カタルーニア　92
雛あられ　96
流れ　98
モニター　100
どこへ　102

装画＝著者

I

あなたは今日も

あなたは今日も
憲法九条とすれ違った

そして

互いに
ちいさな会釈を交わした

明日へ

止まる

信号が赤になれば
止まる
今日は何回止まったろう
夕飯の買い出しの行き帰りに

＊

「止まれ！」

降る雨に
園児たちが放つ
窓からのこの命令
天は一瞬こころ惹かれもして――

*

森の奥に日が入り込む
すると
日の破片が
二度と抜けだせないほどに細かな枝と枝
葉と葉の間に
引っかかってしまう

止まる
やがて止まる
もろもろ

いっぺんにではなく
一人分ずつ
一回分ずつ

予感

ブランコを思い切り
こいで　こいで
いっしゅん　子どもが静止する
両極へ振り切った　そのもっとも高い位置で
慎重なひと呼吸を欲しがるふうに

足元では　行ったり来たり
影が地面にこすりつけられている
弓なりとはかけ離れた平坦さで

影は遠慮がちだ
けれど　どうだろう
イベリア半島の夜をひとり歩いていたとき
いっぽんの街灯がわたしの影を
後ろから前へ
不意にまわしてきた
あの　いっしゅんの出会いから
まわしてよこすようになったではないか
あどけなかった日々の影まで

すると両極へ振り切っていたつもりのわたしより
この世とのこすれかたを
それの残されかたを
影は早くも予感させていたのではなかったか

帰り道

ランドセルを背負った学校帰りの女の子がふたり
交互に歌っている

――あんたがた　どこ
――さ
――肥後
――さ
――肥後　どこ
――さ
――熊本

――さ

片方は「さ」だけを受け持ってゆく

人生八十年と考えれば
わたしは折り返し地点を回ったところだ
わたしの二十一世紀は帰り道
「さ」だけを受け持つ子とおなじように
二十一世紀とかかわってゆくのもいいような

と思って擦れ違うと
とつぜん

――熊本　どこさ

と相方がいってしまって
ふたりは後ろで笑っている

ウインカー

登場する人形に台詞はなく
音楽と効果音
動きのみで演じられる一つの舞台を見終えた
それは夏の親子向けのステージで
海外からの来日公演だった

さっきまで人形をあやつり
姿のなかった劇団員たちが
今はステージに立って質問を受ける
そのマイクに向かって

園児とおぼしき男の子が立った
大きな劇場は静まって彼の声を待つ
充分に満たされた〝驚き〟は
自然とそこに尊敬を呼び込んだのだろう
男の子は丁寧語を選び
選びはしたが――
「なぜにクモはうごきますのか」と
言葉のウインカーは声より早く
しきりと点滅してしまって

糸を見せずに見事なタップを踊っていたクモ
言葉の糸のかわいらしいからまり
そのどちらも
今もって
わたしを惹きつける

街角

若者が二人
一人は止めた自転車のペダルに片足を乗せ
一人は立ち止まって
コインランドリーの前で話していた
日ぐれが深まる時間帯のなかで

「……か、アパレルかと思ってるんだけどね」
「あ、もうそこまで絞り込んでるんだ」

ぎこちなく、でもなく
挨拶がわり、でもなく
今思うかぎりの将来を

久しぶりに
ばったり出会った同級生同士だったか
二人の足元には
ランドリーを住みかにしている猫
前足を静かにたたたんで――

いつかある夕ぐれ
彼らはまた出くわすだろう
さらになにか選び

選ぼうとする者同士として
直接か
人づてでか
通行人のわたしの内ででか

知り合いの顔に足を止める
そんな街角をまるごと
明日へひろげとっておきたい思いで

軽くねじれて

人はいつから
足を組むようになったか
私はいつから
足を組むようになったろう
自分を軽くねじって
なにかそこに
保ちたがっているみたいに

小学一年の
入学式当日の集合写真
椅子に座った小さなひざっ小僧が
整列する
人生のえくぼが写真に映るとしたら
こんなのがそれ

でも

えくぼだけでは人生立ち行かない
言葉を押しとどめる弟が
私の中に生まれ
憫笑で切り返す妹も
生まれた
注意報に繋がれる
台風の前の小舟

そんなふうに
私の中の弟や妹と揺られてもきた

気づけば足を組んでいる
私は私と
軽くねじれて

座る

最初の一行が書き出せなくて
外に出る
休日のコーヒーショップに入る

ふたり用のテーブル席はいっぱいで
真ん中の広いテーブルのいちばん隅に席をとる

おばあさんがやってきて
わたしの真向かいに座る
この広いテーブルの
どの席もほかは空いている

妙な具合だ
おばあさんはカップの音ひとつ立てず
ブラックコーヒーを飲む

彼女のスプーンの上には
四角い黒砂糖がふたつ
それをひとつ
口に入れる
コーヒーを飲む
盗み見るようにわたしは見る
花柄のハンカチを目にあて——
まさか涙？
それを
膝の上に広げ直す

乾いた音がするので

読み出した本からわたしは顔をあげる
おばあさんが左手の甲を
右手でさする音だ
店のスピーカーからは弾んだ曲が流れている

空いた席の
どこを選んでもよかったのは
おばあさんもわたしも同じだ
同じだけれど違う

最初の一行は
いつもこんなふうに始まったのだったか
こんな向かい合わせの
そこからだったろうか
わからない
そこがいつも知れない

一個のたまごのように

「今年こそは」
ということばが
すでに自分に通用しがたいことは
たとえば棚に置いたままのダンベルに
白い頁がほとんどのスケッチ帳に
目をやらずともわかっていること

そうであっても
「今年は

日記をつけよう」と
一年のはじまりが思わせてくるなら
一年のはじまりの顔をたててみようか

通りで
幼児のてぶくろを拾った
落とさないよう失くさないよう
右と左が肩にわたす毛糸で結ばれていた

とたんに
今はもうない
私のむかしのてぶくろについて
静かな口調で遠い記憶が語りかけてきて
それと歩調をとりながら家の階段を上がり
ドアをあけた

昨日も今日も嵌《は》めているてぶくろからは
誘導できないこの
物的なまでの非物的なからくり
失くしものが解いて放つ記憶の流儀
日記へ
一個のたまごのように置こう

II

取り継ぐ

二人とも家で仕事をしている
それぞれの部屋は
それぞれの事務所であり仕事場だから
電話は別だ

二人に共通の知り合いの中には
どちらの電話を窓口にするか
迷う人もいるようだ
それとない配慮、遠慮を感じることがある

電話中の耳に
小さく夫も誰かと話す声がまぎれて聞こえる日がある
テクノロジーとは
まだこうした滲み持ち

夫の電話番号を私が書き入れるのは
〈無料サンプル進呈中〉の発注欄
サンプルは無事に届く

数日して
買い出しから戻ると夫は私に言う
「ナントカ化粧品から電話があったぞ」
翌日もまた外出
「電話があったぞ」

サンプルがらみのこの電話攻撃を

撃退する目論見のはずが
取り継ぎ業務になっている

「わかった。もし明日も電話がかかってきたら
妻は出かけています、
とうぶん帰らないだろうと言っておいて」

「わかった、言っておく。
妻は帰らぬ人となりました」

外出

カーディガンの
一番下のカラのボタンホールを差し出して
外出前の女が言う
「ボタンがとれちゃったみたい。最初からなかったのかもね」

帰宅すると
男の手に
きみどり色のボタン一つ
カーディガンのと照らし合わせ
一致する
「ズボンのすその折り目に入ってたんだ」

ぼんやり対めくばり派

配剤は
洗濯機の渦の中でも有効なのか

ボタン一つくらいが
ちょうどいい話

＊

ゴキブリを煙りで退治しようと女が言う
「ゴキブリに悪いものは人間にも悪いぞ」

そこで女はホウ酸ダンゴを買ってくる
パッケージを裏にしたり表にしたりして読み上げる
「ゴキンジャムはぐんぐん誘引、どんどんそそる」
ジャムは絵に描いたような花のかたち
「食べやすいように花びら構造なんだって」

翌日
外出から戻った女は耳にする
「アリが列を作ってやってきて
　ダンゴを全部食っちゃったぞ」

ホウ酸ダンゴの容器の中には
花びらのひとかけらも残っていない

女の目のまぼろし
列を作って誘引される人、人、人の連なりの容器

水

コップになみなみと注いだ水を、渇ききった喉が飲み干す。手の先から足の先にまで満足がゆきわたる。そんなふうに、馬には馬の、牛には牛の満足の量があるのだろう。
それは体の大きさに見合う、比率の一定した量だろうか。量なのだろう。

氏名　キサカリョウさん
性別　女性
年齢　40〜49

水分量　約27リットル

かつてMさんに宛てて私が送った手紙の
書き出し
かつて
水の科学館で
私の前に印字されて出てきた紙片の数値
私を介してでしか
ここにあることと
とっかかりを持てないたわいないもの

手紙の続き……
　実生活の細部以上に、小刻みに心揺さぶっ
てくるのが想像という注意書き。そこから離
れられずに幾日も暮らす。

かつての私を介して
ある日（どんな器？）
水が流れだす

……まえ

彼にはすでに死後の時間が流れていた
わたしは身をかたくしてそれに逆らった
彼の生きていた一日まえ
一時間まえ　一秒まえをほしがった
涙がでた

二週間まえは
毎日のように連絡をとりあっていた
一緒に旅する彼の国アフリカへは
彼のいるニューヨークから飛び立つことになっていた

手掛かりはいきなり絶えた
二週間後　彼が死んだという知らせが入った
時間の
ひき逃げにあったみたいに
わたしは日本にいた

何度問うたことだろう
尋ねるあてもなく
なぜ　なぜ　と

病名が聞けるまでに五日かかった

苦しかったのだろうか
苦しかったのなら苦しかったとでもよい
彼はいまどこにいるのか

死の時に誰かそばにいたのか誰もいなかったのか

運命は
ただちょっと目配せしただけとばかりに過ぎようとする

街角——亡きドゥンビアと

紙コップを差し出してホームレスが小銭を所望した
私はよけ　ドゥンビアは
ポケットから25セント玉を取り出した
ニューヨークの街角で——
それから
私たちはおぼつかない会話を後戻りさせてやり直した

ワンブロック歩いたところでまた
紙コップを差し出す人が来て
私はよけ　ドゥンビアは25セント玉を渡した

スクール帰りの私たちのセンテンスはふたたびとぎれる

この街で逐一紙コップに応じていたらきりがない
ドゥンビアがアフリカの家族に送金しているのを私は知っている
25セント玉一枚足りないがために
公衆電話を前に焦ることだってある
そう口にすると
父親がいつも言っていたという言葉を彼は返すだけだ
〈金持ちになるのを待ってはいけない〉

私に涙がくる
あの街角でもそうだった
アフリカは遠い
そして隣りから
どうしたのかとあの時の声が覗き込む

声

一本のビデオテープがある

映っているのは私と夫
ドゥンビアの幼馴染みシーラ
そして防腐処置のほどこされたドゥンビアと
彼をおさめた棺

日本からお別れを言いに来たという私たちのために
ニューヨークの葬儀やは
すでに打ちつけ終えた棺のネジを引きあげてくれた

白い布に首からすっぽりと包まれ
ドゥンビアは弱い灯りの下
顔を少し横向けていた

出会って間もなかったある日
誕生日を尋ねた私に彼は困惑げに応えた
「知らないんだ、自分たちの国ではわからないんだ……」
手にしているパスポートのそれも
運転免許証のそれも
アフリカを出るときに彼自身が彼に与えたものだった

「生まれた日はわからないけれど
死ぬ日付けならわかるね」
おどけたふうに
とりなすふうにそのとき言った彼

ビデオテープの中には私と夫
ドゥンビアの幼馴染みシーラ
けれど急にカメラはブレて
画面は床におちる
ビデオを回していたのはドゥンビアの弟ルシアだった
こらえていた彼の涙が
日本でやっと声になったのだ

Ⅲ

三月

春のきざしへ
入ってゆこう
墜落
そんな速さを借りて

今朝と同じ去年の時刻にも
通りを抜けた人がいる
コートを脱いだ姿で
木の芽と毛虫

小鳥と猫

飛び込みさえすれば波紋はひろがる
中心はうまれる

名称

「ちゃぷちゃぷ」
とか
「さざ波」
とか

あの
あそこは？

ちゃぷちゃぷしている
あの細かな波のてっぺん

蛾

おぼろな夢のひとところで音がしている
枕に頭をもたせると聞こえ
もたげると気のせいだったように間をおく

音は呼び覚まされてゆく
ビニールの買い物袋をかけたクズかごの奥へ
二つ折りにした封筒
丸めたメモの紙片
そんな瓦礫の時間帯の隙間に

カーテンには
外灯に照らされた木の葉が一枚一枚
色濃くくっきりと貌を浮きあがらせて
明りをつけると
いつからいたのか
ネコが両足をそろえて机の上からクズかごを見下ろしている
そして
いつからもがいていたのか一匹の大きな蛾

どこか
高みから降りてきたエレベーターの
突然　扉をひらいたような未明の部屋
わたしの夢のかたわらに
あるいは夢のなかに
あるいはわたしを外して

尺取虫

彼もしくは彼女は喰べていた
突き進むように
男と女がそだてている
鉢植の葉を

彼もしくは彼女はいかなる方法で
ここに住と食を得たのか

ここは
十一階のベランダ

ある日小さな黒いフンの散らばりによって
気づいたのだ
葉を喰べ
葉を喰べ
頬をうごかす細長き生きもの

男と女は
目でどこまでかついて行ったものだった
遥かからのおこないに

グランドキャニオンの風に吹かれ
男と女が日焼けして戻る
すると葉が
かじられた跡を残しているばかり

ベランダの手摺を越えて不意に
雀が舞い降りる
今までになかったことだ

その羽ばたきが運命をついばんだ？
そうだろうか
太古のレシピの内に？

誰もがお腹をすかせている
でなければ飢《かつ》えている何かに
お腹のほかで

叫び声がきこえないか
鉢のふちにきょうも降りてきている光よ

スズランの花

あなたの目が母方のお祖母さん似で
あなたの口元が父親そっくりで
なぜ父方のお祖母さん似ではなかったのか
なぜ母親似ではなかったのか

すっかり干からびた土になって
道端に放置されていた鉢植えを
拾ってきてすでに七年
毎年毎年
同じ時期に
その鉢に小さな
白いスズランの花が咲く
クローバーの葉と同居した

窮屈そうなスペースの中に

律儀にねえ
と思うのは間の抜けた感慨で
どうやって毎年
というのも
生物が持つ遺伝子構造を考えれば
愚問もはなはだしいことなのだろうけれど

それでもこちらとしては
ちょっとした知り合い気分
その花の白さを
その目鼻だちを
〈家系〉を思うように眺める

動物園で

あお虫一匹にも
父があり
母がある
兄弟だって……
となれば家系図もある
作らない
というだけのことで
ゾウ舎手前のコンクリートに
舞いおりたスズメ

そのスズメのくちばしに挟まれている太ったあお虫
鮮やかな新緑とおなじ色彩のその体が
今
くちばしのつけねを行ったり来たりしている
ハーモニカのように右へ　右へ　右へ
しまいまでくると左へ　左へ　左へ
やぶれるでもなく
小まめにつぶされて垂れ下がっていく

まばゆい五月の光に
ゆらめいている命の端末

ゾウはゆったりと鼻をゆすり
さっきから
草を背中に放っている

猫とお日様と師走

影を敷きものにして
猫が丸くなって昼寝をする

遊歩道の植え込みからお日様を
西へと送る
ゆっくり
たっぷり
ふっくら
寝姿に友好を包んで

お日様も一年を
傾けさぐり
見ぬ新しい年を思って沈むのだ――
影の敷きものは立ち上がり
体を弓なりにして伸びをする
ああ　そのアーチ型にどんなにかお日様は安心するだろう
猫はねぎらいを心得ている

たまご　＊

たまごを二つ
フライパンに落とす
ある家では
男と女
ある家では
息子と母親のために

フライパンの下で
控えめに焔は歌う

少しの関心
　少しの無関心
少しの弾み
　少しのこわばり
晴れのち曇り
　曇りのち晴れ……

たまごが二つ
今日もどこかで

父親と娘
妻と夫
そのために
そのために

たまご ＊＊

わりたいのにわれない

ちゃわんのへりでこつこつ？
ひにかけたフライパンにおとす？
いっそのことゆかにたたきつける？
わりたいたまごをもっている

もっていない
もっているのにきづかない

きづきたくない
きづかないふりをしている
ときどきわれそうなきがする
どんなたまごをもっているのか

ぐるぐるガジガジ
こころにたまごをもっている

影

海のうえを　船がわたる
海水の中へ　影は入る
移動する　船のままに

山のうえを　雲はゆく
そのひろがりで　落とされる
山腹に　影は

歩道と車道をへだてる　手摺
日射しはやってくる

影を　与えに
夕刻
影は　車道から歩道に　乗る

小石は　小石の影を
まわす　身のまわりに
その　小さな影を踏んで
蟻は　すすむ
影の中に　影を　曳き入れて

くちばし

巣の中の卵に
そっと回転を促す親鳥のくちばし
その繊細なふるえがフィルムに映っていた

なにもかもいやになって蒲団にもぐりこむ日
体はしきりに右を向きたがり左を向きたがり

どんなあいまに挟まっているのか
裏手の方から促してみる
質問でも慰めでもないあのはたらき

Ⅳ

呼べる人のいた風景

ガラス戸も障子もあけ放してあって
奥座敷に光の風が通ってゆく

縁側には祖母の
木の針箱と座布団
針さしは葱坊主のように立っていて
縁側に祖母はいない
前後の時間は消えている

特別な日ではなく
何かにつながる記憶とも異なる

縁側から
祖母を呼んだりすることもしないで
ただ見えたままを
幼児期の私が今の私に残した

奥に呼べる人のいた
なつかしい
誰もいない風景

花がひらいているような

裏手に沼があった

裏手に
沼があった

夜がくると
牛ガエルが鳴きはじめる

父は自室に
母は階下の台所
姉は襖から洩れ出る隣室の灯りの下
わたしはひとり布団の中で目をあけている

牛ガエルが鳴いている

夜のこの配置図は
繰り返しわたしによみがえる
飼い猫は外出中
そんな注釈まがいの一項まで足されて

家と沼に挟まれた竹林が　ざわざわとわたしの中に揺れると
牛ガエルの後ろ脚に似て
夜はにわかにぶよんと肉感をおびる
今も　肉感を取り戻す

この配置図のわけを
詳しく読み解いてみたことはない

ただ　この頃になって　わたしは疑いはじめている

牛ガエルの声は記憶の伴奏ではなかったのだと
むしろ　光源は闇の沼の方にあって
それが牛ガエルの声だったのだと
ある家　ある人　ある時間は
裏手から照射され印画されて残されたと

掛時計

居間の柱の上に
掛時計が高くかけられていた
ガラス戸をあけ
ネジを巻き
針を回し　ボンボンボン
振り子はいずれの手も離れ
いったりきたり
いったりきたりした

初夏のはじまりを告げる強い陽射しが
部屋の奥まで伸びてくる

けれど柱までは届かない
なにものからも
距離をおく生涯だったか
やがて時計は外された
遠い日のことだ

ところが
その失われた掛時計はいま
記憶の待ち合わせ場所
「時計がとまってるぞ」と父はいった
私はしぶしぶネジを巻いた
椅子を持ち出しその上にのって
しぶしぶしぶしぶ
振り子はいったりきたり
いったりきたり
遠い時間を振ってよこす

カタルーニア

フェニックスの木々が
濃紺の影を借りて
芝の斜面をすべり降りる
どの木にも
一つの太陽がまかなわれてみえる
バルセロナ
モンジュイックの丘

地中海は
角《つの》のある光を敷き詰め

どの角の輝きが一番かと
判定を迫ってくる

目を閉じてさえ
人々の押すシャッター音がなおも
光の羽音のようだ

＊

ジョージ・オーウェルの
『カタロニア賛歌』
スペイン人民戦線に集まった
世界の
兵士たち

まぶしく
見上げるように読み終えたのは
十代の終わり
あこがれを横に
座ることのできた頃だ

*

ベンチに座って
一枚の葉書を取り出す
エサを求める鳥の勢いで
白い光はそこにも群れた

雛あられ

包装紙を折りたたんでいると
ふいに陽の色が動いて
ハンカチが落とされたようだった
わたしの後ろに　かつての三月三日に

保育園の教室で
小さい手が折りがみを折っていた
角を合わせたりひっくり返したり
先生の言うとおりにすすめて
できあがったのは折りがみの箱

その箱に
雛あられがくばられた
小さい手の小さいわたしたちが食べた
ひとつぶひとつぶ
色のついたのやまん丸いのにいちいち注目しながら

時が輪になってすわっている
思い出はそのひとつひとつ
(いいえ思い出はオニの手?)
ハンカチが落とされる
ハンカチの得体もしれぬまま
あのころの三月三日がわたしをひとめぐり
そしていつしか
春の日よけの向こうに移動しているようなそれら

流れ

死者を流す濁った川が
テレビの中を右から左へ流れていく
わたしはいつのまにかはだかで
背をのせて流れている
わたしのまわりだけ
川の流れが少しにぶくなっているようだ
あきらめが
両脇を流れはじめる

手の下にやってくる魚に
指先を嗅がれ

食いちぎられてもいたしかたなく
のんきな死者として浮いていくつもりだ
なにも起こらないわけにも
いくまい

ガスの火が湯を沸かし切り
定刻通りに番組はおわるものだ
ふいに
川は
いつも流れている国へ流れを変える
そのまま
いま少し
川下の方へ流れていくわたしを
呼び戻さずに

お茶を飲む

モニター

世紀をまたいで生きたのだと
窓を開けて空をあおぐものがあるとしたら
わが家の青虫もまた
世紀をまたいで生きているよと応じよう

どんな県境をあとにしてきたのか
ビニール袋入りピーマン生活者は
スーパーの陳列棚から　ビル最上階のキッチンへ
そこから
土の入ったガラスケースに移されると

体に見合わない食べっぷりで
三日後には土の中へもぐっていった
そして　それきり　姿はなく
そして　そのとき　わたしの
目撃は突然　記憶に姿を変えた

美を作りだす装置はいまだ土をかぶり
「世紀」はたちまち鳴りをひそめるだろう
最上階でわたしの
モニターはつづく

どこへ

どこへ行きたいの
星と草との間を
風が亡霊のように行き来するところ

どこへ行きたいの

亡き父が
風呂敷を首に巻いて
母が父の髪を切っていたベランダ
あのひとときがとどまった記憶の保養地

さわがしい
けれども静けさの音量で
虻たちが花房に身をよじる藤棚
いち早く
初夏の光が水面をかち割っていくプール

どこへ
どこへ行きたいの

国が国を攻撃する
人が鳥を埋め殺す

どこへ
どこへ行きたいの

Ⅰ

あなたは今日も　「詩人会議」二〇一〇・五月号
止まる　「花眼」二〇〇七・七
予感　「湘南文学」二〇〇〇・秋号
帰り道　「詩学」二〇〇一・一月号
ウィンカー　「朝日新聞」二〇〇二・十・二十六
街角　「赤旗」二〇〇九・五・八
軽くねじれて　「読売新聞」二〇〇八・七・一
座る　「神奈川大学評論」一九九九・十一
一個のたまごのように　「読売新聞」二〇〇五・一・十五

Ⅱ

取り継ぐ　「愛虫たち」二〇〇二・四
外出　「詩学」一九九九・七月号
水　「詩人会議」二〇〇二・六月号
……まえ　「詩学」一九九五・五月号
街角――亡きドゥンビアと　「毎日新聞」一九九九・十・五
声　「抒情文芸」二〇〇〇・冬号

Ⅲ

三月　「愛虫たち」一九九八・四
名称　「花眼」二〇〇七・七
蛾　「愛虫たち」一九九七・十
尺取虫　「現代詩手帖」二〇〇一・一月号
スズランの花　「花眼」二〇〇七・七
動物園で　「うえの」二〇〇一・五月号
猫とお日様と師走　「健康」二〇〇五・冬号
たまご　＊　「愛虫たち」二〇〇九・五
たまご　＊＊　「詩人会議」二〇〇五・十一月号
影　「ＯＬＤ ＳＴＡＴＩＯＮ」一九九四・九
くちばし　「文藝春秋」二〇〇三・六月号

Ⅳ

呼べる人のいた風景　「明日の友」二〇〇五・夏号
裏手に沼があった　「詩学」一九九九・六月号
掛時計　「うえの」二〇〇八・六月号
カタルーニア　「詩学」一九九二・一月号
雛あられ　「うえの」二〇〇四・三月号
流れ　「愛虫たち」一九九二・四
モニター　「文學界」二〇〇〇・十二月号
どこへ　「東京新聞」二〇〇六・五・十

どこへ

著者
木坂 涼
発行者
小田久郎
発行所
株式会社思潮社
〒一六二―〇八四二 東京都新宿区市谷砂土原町三―十五
電話〇三（三二六七）八一五三（営業）・八一四一（編集）
FAX〇三（三二六七）八一四二
印刷・製本
創栄図書印刷株式会社
発行日
二〇一〇年九月三十日